ANDRÉE CHEDID
律动
Rythmes

〔法〕安德蕾·舍迪德　　　　　著
陈力川　　　　　　　译

著作权合同登记：图字 01-2025-1426

Andrée Chedid
Rythmes
©Éditions Gallimard, Paris, 2003, 2018
All rights reserved

图书在版编目（CIP）数据

律动 /（法）安德蕾·舍迪德著；陈力川译.
北京：人民文学出版社，2025. —（巴别塔诗典）.
ISBN 978-7-02-019298-4

Ⅰ. I565.25
中国国家版本馆 CIP 数据核字第 20257H0P36 号

责任编辑　卜艳冰　何炜宏
装帧设计　朱晓吟

出版发行　人民文学出版社
社　　址　北京市朝内大街 166 号
邮政编码　100705

印　　制　凸版艺彩（东莞）印刷有限公司
经　　销　全国新华书店等

字　　数　60 千字
开　　本　889 毫米 × 1194 毫米　1/32
印　　张　4.625
插　　页　5
版　　次　2025 年 6 月北京第 1 版
印　　次　2025 年 6 月第 1 次印刷
书　　号　978-7-02-019298-4
定　　价　59.00 元

如有印装质量问题，请与本社图书销售中心调换。电话：01065233595

目录

序言：安德蕾·舍迪德——大写的生命
（让-皮埃尔·西梅翁） _ 1

一 律动 _ 1

二 词语的源头 _ 17
词语的源头 _ 19
语言的考验 _ 21
说什么？ _ 25
意义 _ 27
我写自己 _ 28
另一种现实 _ 30

三 这个身体 _ 31
这个身体 _ 33
零活 _ 35
多个人 _ 36
路过 _ 38

表皮与命运　_40

秘密　_42

非现时的，生命　_44

在心的中心　_45

潜入　_47

四　季节的偷闲　_49

季节的偷闲　_51

受雇于太阳　_53

行走　_55

让我想起　_56

石头　_58

房屋　_59

潮汐　_60

时事　_62

之后　_63

青春　_64

五　生命，渴求的间隙　_65

除了　_67

太阳在心中　_69

偶然　_70

火 _ 71

一个和另一个 _ 72

调头 _ 73

反面 _ 74

六　追逐 _ 75

圣火 _ 77

战斗 _ 78

无 _ 79

悬空的未来 _ 81

云 _ 83

忘却 _ 84

紧闭 _ 85

允诺 _ 86

镜子 _ 87

他者 _ 89

七　惊叹 _ 91

惊叹 _ 93

眼珠 _ 95

星辰 _ 97

树 _ 98

时间　_ 99

鸟　_ 101

黎明　_ 102

黄昏　_ 103

微小　_ 104

无限　_ 105

花（一）　_ 106

花（二）　_ 107

水　_ 108

描写：巴黎景色　_ 110

天鹅小路　_ 112

这个肉体　_ 114

爱情（一）　_ 116

爱情（二）　_ 118

安德蕾·舍迪德生平　_ 119

序言

安德蕾·舍迪德——大写的生命

让-皮埃尔·西梅翁 [1]

> 向前进，重拾快乐，挑战障碍，或许战胜它，继续向前：这就是我们的可能性。
>
> ——安德蕾·舍迪德

"在无限的空间我保持站姿"

人们在《律动》中找不到这句诗，我是从荷鲁斯出版社（Éditions Horus）1943年在开罗发行的安德蕾·舍迪德第一本诗集《沿着我想象力的足迹》（*On the Trails of my Fancy*）中摘录的。这是一本直接用英文写的诗集，作者当时是开罗美国大学的年轻学生。

---

[1] Jean-Pierre Siméon（1950— ），法国诗人、小说家、戏剧家和评论家，"诗人之春"艺术总监（2001—2017）。——译注

我把这个坦率、有力、可以说响亮的陈述句置于我的序言的开端,是为了突显安德蕾·舍迪德的全部作品所表现的非凡而又罕见的一贯性,以及问题和意向的卓越的一致性。因为人们不断听到这句诗在《律动》中的回声和变化,《律动》写于八十多岁,发表于2003年,与第一本诗集相隔六十年。它表达了一种天性的、无悔的生存立场,一种不妥协的存在力量,一种固有的开放的欲求,一种不可消除的自由的渴望,以及无数次陈述的人类历险的不可解方程:意识与无限的对峙,"我"与未知的对抗,"我"既包含未知,又被未知超越。

这就是为什么写于生命尽头的《律动》仍然是一部青春的作品,因为它在所有方面都忠实于最初的意图,初发的冲动,没有受通常随年龄而来的疲惫、放弃和辛酸的损害,一如既往地按照生命的心跳、歌唱的呼吸、时光的节奏、存在的喜悦调音,无视身体的反驳,与宇宙广袤而神秘的命运结成一体,虽时日无多,却仍如此强烈。

如果一定要找一个词,"运动"(mouvement)是舍迪德作品的关键词,无论体裁如何变化:长篇小说、短篇小说、戏剧或诗歌。在叙事作品中,从《第六天》(Le Sixième Jour)到《口信》(Le Message)，许多人走、跳，互相追逐，许多人物出发、流亡、旅行。然而人们是在诗中找到这个永恒运动的理由，尤其是在这本恰好名为《律动》的诗集中，在我看来，它是舍迪德关于世界和人类生存思想的闪光的总结。舍迪德的全部都蕴含在她对生命的始终不渝的激情之中，她毫不犹豫地赞美大写的生命，对她而言，从这本书的开头语出色呈现的宇宙的起源，直到每个人身上的脉搏，生命就是这个不停止的运动，开放和连续不断的超越，它开启了一切变化：

无断裂地延续
生存的链条
生命旅行
生命蠕动

随时随刻
以各种面目
向所有人
在任何地方

她借用勒内·夏尔（最早发现她的诗歌才华的人

之一）关于存在的座右铭,"行动对我足矣",可以说非同小可。对此,有一篇1992年发表的短文收在题为《致死亡,致生命》(À la mort, à la vie)的散文集中,在我看来,这篇文章因提及一个童年的回忆而显得格外重要,这就是"秋千"。安德蕾·舍迪德在其中讲述了她如何一有可能摆脱成年人的监视,就急忙奔向他们家在开罗的宅第的花园中一架老旧的秋千:瞬间飞起来的陶醉给人终于看到围墙外"拥挤和神秘的城市"的希望。然而,这不过是一件普通的童年轶事而已。在这"会飞的椅子"上,这个十一岁的孩子有一天发誓永远忠于飞起来的自由:"把自己抛向更远——永不离开大地——秋千延伸了她的往复、她的自由、她的激情,她穿过地点和岁月的希望。"因此,人们在《律动》的词汇中再次看到这一最初的诺言的词语就不是偶然的了:飞跃,冲力,节奏,流动和回流,旋涡和骚动,还有逃避和偷闲……这种对生活的激进和不妥协的理解——生活作为持续的运动,"生命在变形中"——产生了同样不妥协的自由的愿望:这就是始终永远逃避狭隘。从这个原则出发,人们在《土地与诗》(Terre et Poésie, 1956)中找到以问题的形式出现的表述,它也是《律动》的全部问题:"当人们预感到我们人类历险的广阔,哪怕仅仅一次,人们就会扪心自问是什么力量把我们束缚在狭隘之中。"在无限中保持站姿,如 1943 年的那句诗说的,正是从这个初始的和预言式的预感中推断出来的,并在 2003 年的这本书中找到它准确的延伸:

一个未必有的无限
一首未定义的歌曲
一扇白炽的飞翔的

翅膀永远升高
脱离这个肉体的深渊
直到太空的肩膀

细心的人会发现,这个升高、跨过、超越界限的愿望在舍迪德那里从来不是对一种神秘主义的认可,反而是"永不离开大地",在肉体和呼吸中,在人世间活着和受苦。这片《气的领土》[①]还有比在诗中更好的地方吗?作为渴望的诗还有比在诗的渴望中更好的地方吗?

[①] 《气的领土》(*Territoire du souffle*)是在《律动》前于 1999 年出版的诗集的标题。——原注

词从哪儿来

它使人自由

歌到哪儿去

它带走我们

什么渴望

变成节奏

画面　变形

对安德蕾·舍迪德而言，做诗人就是终其一生始终如一地忠于"蠕动的生命"，忠于同时消失和再生的脚步的节奏，忠于适应宇宙节奏的气的延续，也就是做一个有渴求的人，渴求爱他者和他方。她在《土地与诗》中说——我必须再次引述，因为它点出了作品的地点和方法——"诗人是追逐者，或不知疲倦的旅行者。给他一个歇脚的地方，他知道他只有片刻的歇息，他的呼吸会再一次将他带到比渴求更远的地方。"

这个为渴求和她的诗所要求的"永远的更远"，这个摆脱了自我并迈向变化的脚步，在对他者的赞美中找到了最始终如一的表述，而且人们知道，无论在作品中，还是在她的生活中，他者都是安德蕾·舍迪德最明确的关怀之一。《他者》既是她的一本著名小说的书名，也是她许多书中诗的标题，当然《律动》也不例外。如果说这是一种倔强、有力的伦理的宣示，那么它并非来自智性的思辨，而是来自客观的判断，生命的自然运动不允许封闭的特性：静止即死亡。《紧闭》这首诗这样说："没有他人的援助"，灵魂"变得干枯"，"失去光泽"。既然在生命的蠕动中，一切都循环往复，一切形成、消解、消失是为了再生，变成自己的反面，一切生物和一切事物的身上只有一个法则，这就是"许多个"：

我是多个人
我不是任何人
我是异乡人
我是本地人

因此，《律动》也是这个动态的相异性的名字，它不允许我们最终是这个或另一个，而要求我们轮流是，甚至同时是这个和另一个：

我的同类

我的他者
你在的地方
我在。

这当然是舍迪德被引用最多的那几句诗的回声："你无论是谁／我跟随你比陌生人更近"，但首先是，尤其是兰波著名的"我是另一个人"的回声，舍迪德把这个现实作为她固有的乐观主义的源泉："在希望的中心／他者"，我再说一遍，这不是根据思想的一个决定，而是以本能的生命直觉的名义。

然而，如果将这一顽固的希望的宣示——这是舍迪德作品的重要特征，而且可以说是反时代潮流的——看作一种美好的情感，一种事物的秩序和人类未来的和善观念，那就错了。实际上正相反：这里，希望是"不管怎样"的意思，面对人性的否认、命运的残酷、身心的溃败，还有他者也煽动的绝望，它只用不让步的清醒证明自己的合理性。只需重读《暴力的仪式》[①]，或其他大多由一个不幸的事件开始，或由

[①] 安德蕾·舍迪德，《暴力的仪式》(*Cérémonial de la violence*)，巴黎，弗拉马利翁出版社，1976年。——原注

一个死亡结束的叙事，就会知道，安德蕾·舍迪德的全部作品和几乎《律动》的每一页都在讲述所有生命都必然带来的负面，阴影的部分和冲突（"爱慕或轻蔑/欲望还有恐怖"）。

这就是为什么这部诗集的全篇都以对立的"但是"为轴，这就是为什么大部分诗作都建立在对位法，或反向的对称上面。除了反差，存在更多的是由持续的矛盾构成的，《律动》指的是快乐和痛苦的普通音步。如果说"我们是那片云/在深渊和顶峰之间"，那是因为我们天生被一种无解的双重性所控制：难道我们不是无可挽回地被"损害我们的黑暗/给我们生命的火"紧束吗？令人困惑的往复，难以忍受的摆动，就像秋千的摆动连接两个极端一样。从所有人、所有事物、所有事情上，人们都可以担忧，或希望反面。仅看"房屋"这个例子："锚或监牢/救生索或门闩"……人们就明白了，对舍迪德来说，希望和再生只因绝望而存在，但是另一方面，否定希望及其再生的有效性，忽视其存在，或者低估它们，也就是说停留在终极的和普遍的否定之中是轻率的。当然舍迪德的立场并不因此而是相对主义的：它意味着良知与最坏的情况的对抗和较量，意味着良知为生命下了一个大胆的赌注：

> 但是再一次
>
> 在残暴的反面
>
> 在黑暗的深处
>
> 倔强的春天
>
> 竖起脚手架

这使我们想起另一种有斗志的人道主义，巴勃罗·聂鲁达的诗句："我们的敌人可以拔掉所有的花，但他们无法战胜春天。"[①] 我们也必须读一下这本书中《除了》这首诗，它以一种明快的线条概括了舍迪德的哲学：在把最坏的理由作为再明显不过的事情罗列后——冷却的爱，灾难，暴政，罪恶，战争，凌辱——她大胆地说道：

> 我赞美你　啊　生命
>
> 在洞穴和梦之间
>
> 渴求的间隙

[①] 根据作者引述的法文翻译。聂鲁达这句诗的英译是：You can cut all the flowers but you cannot keep Spring from coming（你可以剪掉所有的花，但你不能阻止春天来临）。——译注

介于空和无

在这个"无论如何的生命哲学",这个被欺凌的生命通过自己的能量幸存下来的哲学中,有与埃德加·莫兰(Edgar Morin)不久前表达的同一种清醒和忧虑的信心,就连用词也与舍迪德如出一辙:

生命是噪声是和谐。
生命是智性的、感性的、创造性的。
生命是有组织的。生命是残酷的。生命是美好的。生命是疯狂的。①

舍迪德的世界观,与莫兰的世界观一样,可以向最广阔的维度敞开,即宇宙的维度和处于年代无限连接中的人类的维度,这使她免受一种以自我为中心的观点的制约,后者将自己的疲惫和伤痕作为衡量事物的唯一尺度。此外,必须注意到在舍迪德的诗中,占主要地位的是"我们",这与那个时代的习俗相反(当"我"出现的时候,也永远是一个可以分享的

---

① 引自埃德加·莫兰《认知,神秘,知识》(*La connaissance, le mystère, le savoir*),法雅尔出版社,2017 年。——原注

"我",上面提到的"多个我"):

　　由水　恒星
　　和一种奇特的化学生成
　　注定起变化
　　<……>
　　我们是蜉蝣
　　我们长生。

这就是舍迪德坚定的乐观主义的另一个理由,它丝毫不建立在沾沾自喜或清白生活的论据上,而是用一种囊括人——"这个永恒的蜉蝣"——的广阔视野,在超出它的时间、空间和历史的巨大的神秘中证明其合理性。诚然,这里有一种人道主义,但这是一种不轻信人的人道主义:安德蕾·舍迪德唯一信任的人是相信生命的人。"非现时的生命",没有时钟,没有理由,一个人的冲动和欲望与这个比一切更大的存在相协调("永不离开大地"),这个存在不是一个神,不要求任何信徒,而是她在2010年出版的最后一本书的标题中命名的"宇宙的织物"。这个人,"无比诗意的创造物",正如作者自己说的那样,"一场奇怪的追逐的追逐者",跨越天际,心怀太阳。他到头都是惊叹不已的人。

阅读《律动》，怎能不被一种如此开放和慷慨、如此坚定的思想所震撼，当我们想到它出自一位八十多岁的女士，一位知道自己处在死亡门槛的女士，她毫不软弱地述说"悬空的未来"、皮肤的松弛、骨头的腐朽，这场"在身体／时间　年龄／和给生命气息的灵魂之间"注定失败的战斗？在舍迪德的诗中很少吐露的自传性隐情，在这部诗集中却经常显露，但没有抱怨，也没有得意，正视死亡从不会损害诗充满激情和热烈赞美生命的冲动。这些隐情有时甚至伴随着一丝幽默：

不紧不慢

我适应

夜的

必然

一个幽默的音符恰到好处地提醒人们，安德蕾·舍迪德从来不是她的信念的格言式女祭司，无论她对诗，对最接近生活的诗有怎样的不可动摇的信仰，她都知道用笑提防严肃的装饰物（请读她的短篇小说《可恶的苍蝇》，或《事物的重量》[1]），在反抗规矩方面，与任何人相比，她都毫不逊色。她在一首诗中说："我不留情面／给众神和法律"，有一天她对我提了这样一个要求："不要忘了说，我归根结底是一个叛逆者……"

如果说《律动》在某种程度上是一本遗嘱之书，将一部延伸了六十多年的作品的所有主题都集中于一口有力的长气，其始终一贯的目标与多种多样的形式并驾齐驱，应该感谢它在这个幻想破灭、惊慌退却的时代，以一组名为《惊叹》的诗作为结束，开篇的这一感叹句像是象征，也像是指令："我们的惊叹／永无终止！"

那么，这些结尾的诗歌唱的是什么呢？仍然是、永远是有着"数十亿形式"的生命，但就像一张示意图，介于微小和无限之间的生命在这里被简化为基本的律动，树木的、星辰的、黎明的、黄昏的、飞翔的鸟拍打翅膀的律动，"自由尽情歌唱"。当然，如果直到最后，"猜不透的／秘密／继续"，有一个保证，大

---

[1] 见《致死亡，致生命》，弗拉马利翁出版社，1992年。——原注

写的爱，"延续/在存在/和无限中"，最后两首诗的主题与我在这篇序言的开头提到的第一本诗集的问题一样不是偶然的："连接我们的爱湮没在什么地方？"年轻的安德蕾·舍迪德问道。这就是我们的女诗人在她的一生和她的作品中唯一的信条，"爱诗"，正如保罗·艾吕雅所言。爱，诗，是生命的别名。

2017 年 5 月 31 日

献给朱迪·柯克兰
和安娜·克拉维尔,
并致以深情的谢意。

一

律　动

一切始于
心律不齐
无序

间歇的风
占领宇宙
坏天气当政

难以辨认的爆炸声
是我们的序幕

一切都是

溃退和散落

喧嚣和挥霍

在律动

占领

空间之前

伴随辽阔的和弦

经久不衰的关系

音符紧固

于空无的织物

不可见的带子

链接天体和行星

从水的深处

突然冒出

生命的漩涡

在宇宙的

开屏舞中

生命

以自己为核心

调整节奏

变换色调

从主题

到炫耀

从复唱

到素歌

生命成为间奏
赋格　即兴曲
副歌

发出不谐和音
旋律　碎片
发出敲击声
节奏　节拍

映照在
命运中

不信神不信教

鸟挣脱

大地的锁链

有不效忠的自由

它凌驾于

受土地

和他们的暴政奴役的

创造物

加入

云和风的

创始者游戏

鸟与空间结盟

与辽阔交配

嵌入距离

连接广袤

跻身无限

绑在时间

和事物上

生于一块

多根的土地

人天生依赖

一个抹不掉的过去

地点占有了

他的肉体

他的呼吸

历史的伤痕

在他的记忆

和皮肤上文身

不知从哪里来
穿过数千年
人被一个世界的
遗址俘虏
它戴着古怪的
和威胁的面具

他有时从中挣脱
借助声音和词语
动作和画面
以及它们雄辩的道路
持续的意义

为了更好地站立

人发明了寓言

穿戴传说

让天空住满偶像

增加他的庙宇

合并他的乌托邦

作出不朽的样子

他将耳朵

贴在世界的外壳上

倾听

一个地下的声音

它守护他　引导他

放大他

那时
从深夜到深夜
从黎明到黎明
有时日子放晴
有时日子发霉

微风守夜
炮制画面

在地心引力下
身体弯曲

凡生命

皆开启

神秘

凡神秘

皆蒙着

黑暗

凡黑暗

皆承载

希望

凡希望

皆服从

生命

精神缓行

不枯竭

身体化为肉身

为了成熟

精神解脱

不消失

身体瘦削

为了死亡

有时存在使

欲望的刺更旺盛

或将它埋在

死水的腹中

有时它重新聚拢

跃进

另一些时候它踩踏

冲动

存在常常巡逻

在空虚的路上

或者赎罪

用心的燃烧

面对严峻

但有益的

对抗

与一致的死亡

人神化

短暂的栖居

为了种植

未来的麦子。

二

词语的源头

词语的源头

我始于
话语的
潟湖深处
浸没在它的漩涡
和词语的源头

从那时起
我合并所有语言
我充溢声音
演奏不可能性
在我的键盘上

然而很快我被抛入
限度的世界

很快你的召唤

辨认我的<u>丛林</u>

很快你的声音
为我设定地点
和边界

很快你的动作
划定规则
在无限的沼泽中。

语言的考验

一

声音从哪儿来
它动摇我们
意义到哪儿去
它在逃避
词语从哪儿来
它使人自由
歌声到哪儿去
它带走我们
话语从哪儿来
它填补空白
符号是什么
它收割时间？

二

什么字母

关心

我们的光和我们的影

什么语言

被我们的空洞刨平

煽动气流

什么渴望

变成节奏

画面　变形

什么叫喊

分出枝杈

重新绿化别处

什么诗

结出果实

为了换一种说辞？

三

出自我们的肌体
用数个世纪

和海洋编织

什么语言

射穿我们的墙

探测我们的井

塑造我们的季节?

用什么词语

抓住碎屑

把我们装进骨灰盒的

神秘

或使我们感到意外的

谜?

四

诗想要什么

它说

又不真说

它让话语迷路

使地平线增多

它寻找什么

在不可言说的
栅栏前
我们是它的
花和根
但从不占有?

五

于是语言
缓缓而行
从土地到土地
从声音到声音

于是诗
走在我们前面
比饥渴更顽固
比风更自由!

说什么?

说什么
关于灵魂的缺口
关于思想的滑动
关于意义的失控

说什么
关于焕然一新的身体
由于一句话的恩惠
一个抚摸的帮助
一个调皮的滋味

说什么
关于轻快的日子
关于细微的时刻
关于词语的牢笼
关于未来的诱惑

说什么
关于这一刻
时而是敌人
时而是朋友？

意 义

话语
使我们对质
与它的镜子
与它的空间
与它的丰富
把我们带向
哪儿都不是
所有地方。

我写自己

我演奏我生命的乐章

我用它当铜板

记录快乐

刻写岁月

我抓住它在绿色的季节

我擦刮它用冬天的夜

我用焦虑折磨它

在上面剪裁自由的空间

我用暗物质攻击它

我前进从考验到考验

我用徒劳的啃噬挖空它

我用感动雕刻它

我这样做

为了否定时间

我写自己
为了持久。

另一种现实

词语的潮汐
言语的风暴
话语的呼气
指明另一种现实

不可触知但至高无上
深不可测但平平常常

它激发我们
或毁灭我们
消耗我们
或解放我们。

三

这个身体

这个身体

这个你居住的身体
这些打造了你的日子
这个驾驭了你的生活
这些让你成熟的痛苦
这个成就了你
或打败了你的过去
这个沉没的你
在岁月的
根部

这个曾是住所的身体
这个曾是企图的生命
这些造就了你的时刻
而你是它们的联系
这个要求收回的时间
而你是它的果实

这个消失的你
化作太阳
或夜。

零 活

你生于天才的宇宙的
一件零活
出于奇异的组合
出于意外出于关联
你成为你而不是苍蝇
不是斑马家鼠狮子

从可能性的稠液
和所有生命的根源产生
你成为你
世界的唯一
挑战昙花一现。

多个人

我冲向地平线
它远离
我占领时间
它逃避

我娶我童年的
面孔
我收养我
今天的身体

我将我铭刻
在我的骚动中
我进入
我短暂的平静

我是多个人

我不是任何人

我是异乡人

我是本地人

不紧不慢

我适应

夜的

必然。

路　过

人们还会重温

往日的收获

过去的漂泊

从前的幻想

出口的话语吗？

我们的形象

是否只是影像

我们的身体

是否只是化学

我们的思想

是否回到最初的腹中？

就这样偏离方向

我们的面孔

如此依赖

如此卑微

就这样诱惑我们
生命
如此奇妙
如此虚幻

就这样溜掉
我们的岁月
很快度过
和消耗。

表皮与命运

通过我们的眼睛
通过我们唯一的嘴
通过我们的两只手
通过唯一的心

以这个出生的名义
它邀请我们
以这个死亡的名义
它约束我们
以第一声叫喊
和最末的衰落的名义

通过这个短暂的过路
在时间的走廊里
通过侵蚀我们的黑暗
通过给我们生命的火

我们所有人
都在同一个行列
隔着表皮
屈服同样的陷阱
绑着同样的命运。

秘 密

之前我是谁
之后我是什么
这短暂的生命旅程
被秘密包围?

我报警
向灵魂的信条
我心系
精神的计谋
我偷猎
在心灵的矿层
我搜索
在知识的纬纱
我前进
瞒着词语
我不留情面

给众神和法律

猜不透的
秘密
继续。

非现时的，生命

跳出千年的摇篮
生命逃离蒙面的时间
人造的和虚幻的时间
它缩短我们　　限制我们
一天天把我们伪造

非现时的和短暂的
跨越界限和理性
生命在变形中
自我创造远离时钟
习俗　　季节。

在心的中心

在空间的中心
歌

在歌的中心
气

在气的中心
寂静

在寂静的中心
希望

在希望的中心
他者

在他者的中心
爱

在心的中心

心。

潜　入

鼓足气
潜入
生命的身体

收养
成为孤儿的
世界

倾听
它盯着我们的
叫喊

把温柔
系在
它的脖颈。

四

季节的偷闲

季节的偷闲

我过去爱你
在汁液的暴雨中
我现在爱你
在岁月的绿荫下

我过去爱你
在黎明的花园里
我现在爱你
在白日的垂暮时

我过去爱你
在太阳的急躁中
我现在爱你
在夜幕的宽厚里

我过去爱你

在语言的闪电里
我现在爱你
在词语的港湾中

我过去爱你
在春天的冲动里
我现在爱你
在季节的偷闲中

我过去爱你
在生命的肺腑
我现在爱你
在时间的门口。

受雇于太阳

因存在
只受雇于太阳
地球是否会厌倦
顽固的轨道?

因服从
天体的量度
地球是否会衰落
在时间的控制下?

因不知道
行星的秘密
地球是否会死于
恒星的空寂?

因顺从

这个奴性的运动

反叛的地球

是否会寻找其他出路?

行　走

在词语的森林
他雕刻他的语言
他的记忆拉长
比过去更远

在符号的海洋
他汲取画面
校正视觉
按照城市的节奏

在万物的表演中
他挖掘他的足迹
瞬间播种
永恒的沙丘。

让我想起

让我想起
那些有声的时间
那里墙壁坍塌

这个不精细的时间
那里障碍跨越自己

让我想起
那些晨曦
那些放光的夜晚
那些时间-浮雕
那些隐喻
那些不使用的时刻

让我想起
这个在世的时间

比夏天的草

更脆弱。

石　头

老墙
用凸凹的石头砌成
升高
按照手
地点
和偶然

粗糙而温柔
它们嫁给岁月
与树叶结亲

我们的梦抓住墙壁
穿越过去
有时……

房　屋

房屋
保护我们
免遭时间的暴雨
和灵魂的龙卷风
锚或牢房
救生索或门闩

火苗的守护人
或星星的劫持者
源泉和微光
或破碎的梦?

潮　汐

　　致伊万·勒-曼 [1]

　　　"你能否命名

　　　缺少的颜色？"

暴露给

依赖月亮的潮汐

我们的土地浮现

然后消失

再出现

为了隐去

贪婪我们的土地

大海将它们淹没

为了更好地将其忘记

---

[1]　Yvon Le Men（1953—　），法国诗人、作家。——译注

我们的身体
经受何种周期
在什么天秤上
人们估价灵魂

什么引力
把我们吸向生命

什么推力
使我们向死亡弯曲

在哪个无节制的地方
我们的自由拼读自己？

时　事

当时间
反刍
它永恒的阴谋

从前台被驱赶到
阴险的幕后
我们的手没能留住
编年史和季节

陈旧的　　我们的形象
哈喇味的　　我们的表演
过时的　　我们的欲望

得意扬扬或受到伤害
时事粉碎
在遗忘的深处。

之　后

这个"之后"与我何干
在苍白的中心
在溶解的记忆

流浪有什么关系
远离走过的路
让激情和回忆沉没
在冷漠的海洋

无所事事又怎样
远离认识的面孔
扎根在无限中
不可逆转?

青　春

人们徒劳地恭维她
赞美她的服饰
我的青春钻进
时间的喉咙

她停止了开花
没有伤感地连接
惯用的纬纱
它通向最后的田野

夏天接力

其他和其他青春
已经开始冒险
在它们燃烧的身体上。

五

生命，渴求的间隙

除　了

除了时间

和它的齿轮

除了喷发中的

地球

除了揉捏云的

天空

除了制造敌人的

敌人

除了冷却的爱

它啮噬幻觉

除了持续的光阴

它使我们的面孔发霉

除了灾难

除了暴政

除了阴影和罪恶
我们的战争我们的耻辱

我赞美你　啊　生命
在洞穴和梦之间
渴求的间隙
介于空和无。

太阳在心中

你是这颗心富有
顽强的
热情
太阳的镜子
火焰
永不衰竭

和你的行星一样
因造访过太阳
你是种子
播种和火炭
在你永恒的碎片上。

偶　然

偶然
不断带向
我们的海岸
某些我们没有采撷的
奇迹
某些我们始料未及的
不幸

从黑暗
或电光中闪现
偶然
有时将它的翅膀
搭在我们的肩上
有时将它的爪子
插进我们生命的
肉体。

火

火
征服一切物质
用它的燃烧

将这个身体　这棵树
这只鸟　这匹牝马
化为灰烬

最后
一无所有而自由
火
重新出征
向其他和其他
燃烧。

一个和另一个

一个拒绝怀疑
活着没有涂改
灵魂失去树脂
心缺少悲痛

他的时间滑过没有播种
他的舞蹈熄灭

另一个担忧词语
因每一个波动颤抖
失去呼吸和面容
因预告的不幸

因一个节奏激动
从一句话再生!

调 头

我想象墙中的
门和拱
空间没有门环
一条壕沟在围墙里
一个缺口在斜坡上
窗户的援救
在外边的奇迹上

我想象围墙
寂静的支持
敏感的间隔
远离狩猎的时刻
和盲目的时间
一个房间的魔力
在里边的奇迹上。

反　面

当种子发热
在土地的空隙
当汁液骚动
在树木的中心

暴风雨擦刮我们的墙壁

狂怒暴虐发作
人们满嘴仇恨
人们施暴
人们流血

但是再一次
在残暴的反面
在黑暗的深处
倔强的春天
搭起脚手架。

六

追 逐

圣 火

我们是追逐者
一场奇怪的追逐

在我们残废的土地上
光明和阴暗交织
我们的呼喊此起彼伏
寻找道路

徒劳的是探索
回答　被紧锁

从荆棘到黑暗
抵抗者唯有
圣火。

战　斗

我进行这场战斗
在身体
时间　年龄
和赋予生命的灵魂之间

脱离我们青春的联盟
废止古老的分配
质疑它虚妄的庇护所
远离毁坏的身体
和年龄的滑坡
我斗争和抵抗
在时间的另一个坡度。

无

我穿过无

在我童年的时光

破译死亡

在我们黏土的

和短暂的身体上

我拒绝傲慢

解散胜利

暴露我们中途的停留

和它的脆弱

然而　　我曾相信

我们微小的存在

相信它的暴风雨的味道

相信幸福的雷电

相信它的苏醒　它的突破

它的不安或沉默

相信它当下的狂热
相信它希望的锻炉
相信时间的内容

我曾相信　那么相信
瞬息即逝的颜色
相信黎明的善举
相信夜的慷慨
忘记了更远处
在时间弯曲的地方
短暂的爆炸
不会留下任何痕迹
来自我们烧毁的生命

有一天我们的行星
精疲力竭
会自行毁灭。

悬空的未来

围墙

在我们身体的

美好的果子中

在我们肉体的

美味的果肉中

我们忘记了时间

它无情的鱼叉

将我们一点点损坏

把我们拖入

死亡的网袋

如何顺从

我们皮肤的松弛

我们皱纹的流动

灵魂的原地踏步

骨头的腐朽

如何无视
黎明的忧郁
夜的苍白
火焰的碎片
或贫乏的歌

如何重新竖直
狡猾的弧线
如何转身背对
悬空的未来?

云

云掠过
悬崖和山脊
向河谷献殷勤
在天空的平面划出
短暂和白色的文字
被时间拆织

面对山峦
俯视我们过路的季节
我们是那片云
在深渊和顶峰之间。

忘　却

忘却把场地
借给未实现的梦
借给我们暂时的未来
借给我们无恨的守夜
借给被照亮的路

在我们生命的石板上
复仇将褪色

以牙还牙的惩罚被废除。

紧　闭

在心的封斋期
在习俗的剑鞘中
灵魂变得干瘪

没有他人的援助
没有盐
没有饥渴
灵魂逃进丛林

渐渐　　它消瘦下去
伤心　　它变得干枯
悄悄然　　它失去光泽。

允 诺

在地平线的后边
在自我的反面
没有任何障碍
切断视线

一切都在实现
一切配合默契
当死和生
相互靠近。

镜　子

在我们时间的边缘
面孔不自知
只有水
在它的流动中
呈现出
我们暂时的面容
不经意的画面
很快消失

在这骗人的水上
青春
暮年
幸福的轮廓
忧伤的水墨
都找不到准确的倒影

后来镜子诞生

在身体的线条中
在时间的侵蚀中
在阴沉的失败中
在灿烂的快乐中
面孔终于
和自己对峙

他　者

献给理查·罗涅[①]

我的他者

我的同类

在这个构成我们的

身体上

在这颗坐立不安的

心上

在这腔左冲右突的

血中

在这个时间的

阴谋中

在这个窥伺我们的

死亡中

在我们短暂生命的

[①] Richard Rognet（1942—　），法国诗人。——译注

友爱中
我的同类
我的他者
你在的地方
我在。

七

惊 叹

惊 叹

在操纵季节的
神秘的尽头
在布满叶子的
麻风病树枝的尽头
在花的奔放
或萌芽的突发的尽头
在产生收获后
瘫痪的土地的尽头

在尖酸的冬天紧逼
树叶零落的
秘密的尽头
在春天暴动后
夏天的闷热的尽头
生命的奥秘
永无时限

我们的惊叹
永无止境!

眼　珠

这个眼珠从何处来
它截获地理
编织海洋和石头
聚集阴影和阳光
糅合低谷和山顶

谁给了我们这个眼球
它拥抱土地和面孔
它飞越或停留
它是目光的源头

谁赐予我们这个视觉
它勾画爱慕或轻蔑
欲望还有恐惧
这个眼珠从何处浮现
它献给我们宇宙

另一道目光趋向何处
它转过去背对世界?

星　辰

虚弱的是我们的声音
在球体的歌唱中
徒劳的是我们的叫喊
靠不住的　　我们的寓言
易朽的　　我们的身体
与持久的宇宙捆在一起

面对没有边缘的世界
和星辰的魔力
我们的词语能做什么
用它们特殊的薄膜?

树

从这多节的树身
从这石质的枝干
从这些干瘪的树枝
不断再生
在汁液的刺激下
嫩芽树叶和果子

漩涡
恰如其分地
分泌死亡的
生命的
平衡。

时　间

我推搡时间
为使它加快
无视它的痕迹
在我已中计的身上

我挑战时间
至高无上　　它打量我
而我在变小
年复一年

我爆破时间
它爆炸
我蔑视它的深渊
我发明通道

我抹去时间

我不再有年龄

我存在于当下

我瞄准未知!

鸟

远离

我们日常生活的重力

只忠实于

它迁徙的时间表

鸟翱翔

拍打着翅膀

超越民族

远离

我们生活套路的僵化

没有枷锁没有奴役

自由尽情歌唱

鸟升高

扇动翅膀

比风更轻盈。

黎 明

黎明

捅破黑暗

夺取早晨

从夜的腹部

装饰破晓

用多彩的火焰

同样容易挥发

与我们的日子一样。

黄 昏

奢华或焦虑
白日结束
时间逃逸

色彩的旋律
败给
井的侮辱

潜入
夜的深渊
生命让位
给夜的剧本。

微　小

在孱弱的花朵中
在微小的昆虫中
在短暂　纤细
脆弱　细微中
生命显露
抄近路
穿过幼牙和种子

无断裂地延续
生存的链条
生命旅行
生命蠕动

随时随刻
以各种面目
向所有人
在任何地方。

无　限

傲慢的傀儡
在易碎的土地上
自以为
在他们的界内
遇到无限

我们被
自己的时间尺度
俘虏
它风化
并侵蚀我们
每一天每一季

然而无限
在绝对的领地
不停地嘲笑我们。

花（一）

花
长成那么多模样
炫耀那么多颜色
以致我无法
用一道目光
采集它的外表
用一口气
吸吮它的芳香

这就是生命
数十亿的形式
花快速繁盛
避开我的视线
使我目眩。

花（二）

数不胜数

花

撒满地球

高调地

撒落

形状

美

和颜色。

水

受水的恩赐
我们生于地球

从源头到溪水
从河流到江流
从瀑布到海洋
挤满所有的土地
冒着遇难的危险

来自好动的水
我们经受同样的波涛
同样的涌浪同样的漩涡
同样的泡沫同样的洪水
直到致命的干旱
逃避时间

由水　　恒星
和一种奇特的化学生成
注定起变化
流动的或沼泽的
航行在河岸之间
或随波逐流
我们是蜉蝣
我们长生。

描写：巴黎景色

鸟与东方的云
争夺天空

按时辰
地平线显现
裹着暖暖的梦

眼睛在屋顶滑动
手触摸碎石
巴黎咬住影子和光明

日落时分嘈杂声平息
白天安定
夜晚宣布降临
耀眼的穹顶满墙星星
装饰夜空

辽阔向星辰开放

太空
一统天下。

天鹅小路

这是一条天鹅小路
天鹅不在那里
徘徊着其他鸟类
被安插在城市中
风闻它的传言
迎送往来的行人

介于塞纳河的支流
被船舶行驶的波浪摇荡
沿路排列着树木　驳船
还有追风的海鸥
这是一条天鹅小路
天鹅不在那里

瞬间消失的路人
我在漫步中遐想

沿着天鹅小路
天鹅不在那里
米拉波桥近在咫尺
阿波利奈尔使之永存。

这个肉体

在这个
光鲜的或腐烂的
食肉的或温良的肉体上

在这个腐化的组织上
在这个生长
为了有一天消亡的物体上

在这些
语言有了身体
真实发酵的纤维上

在这个
植入了心脏的物质上
在这个永恒的蜉蝣上

在这个
诗歌安家
思想定居的晦暗的纬纱上

在这个
宽厚的或卑劣的
与不可磨灭的星球相连的肉体上

在这个
脆弱的平衡
介于希望和痛苦的肉体上

在这个
被梦耕耘
被时间啮噬的美妙的肉质上

一个未必有的无限
一首未定义的歌曲
一扇白炽的飞翔的

翅膀永远升高
脱离这个肉体的深渊
直到太空的肩膀

爱情（一）

因为用我们所有的话语
开路
因为跟我们阴郁的激情
为邻
因为在过路的身体上
分裂
爱情是否失去了
纯真和快乐？

因为带着梦的光环
再生
因为随欲望的到来
激动
因为随生命的色彩
得到活力
爱情延续

在生命
和无限中。

爱情（二）

比所有的话语更新颖
比所有的语言更自由
比沉默更赤裸
爱情不断再生

被剽窃　　它划清界限
被伪造　　它重新恢复
被超越　　它追上我们
神奇般地　　它重新创造

有史以来
在所有的边界之外
爱情是我们自己人
永远！

安德蕾·舍迪德生平

安德蕾·舍迪德 1920 年 3 月 20 日生于开罗。她的父亲塞里姆·萨巴（Selim Saab）是原籍黎巴嫩的马龙派基督徒。母亲爱丽丝（Alice）出生于叙利亚的大马士革，在与塞里姆·萨巴离婚后，嫁给了著名的医生和哲学家罗杰·戈岱尔（Roger Godel），并以爱丽丝·戈岱尔为名发表诗作。安德蕾对她的母亲一向抱有钦佩之情，曾于 1996 年献给她一本书：《过路的季节》(*Les saisons de passage*)。

年轻的安德蕾在开罗的三种语言中长大，除了阿拉伯语和英语，十岁那年她进入圣心修道院寄宿，跟那里的修女学习法语。之后，她在开罗的美国大学继续学习，于 1942 年获得新闻学士文凭。

1942 年 8 月 23 日，她与医学院毕业后成为世界著名生物学家并在巴黎担任法国国家科研中心研究员和巴斯德学院部门主任的堂兄路易-塞里姆·舍迪德结婚。他后来以路易-安东尼·舍迪德为名出版了几本书，其中两本是与安德蕾合作撰写的《巴别塔，寓言或变形？》(*Babel, fable ou métamorphose?*)和《心永存》(*Le cœur demeure*)。

1943年舍迪德夫妇移居黎巴嫩。同年安德蕾用英文写的第一本诗集《沿着我想象力的足迹》(*On the Trails of my Fancy*)在开罗出版。

1945年，舍迪德夫妇的第一个孩子米歇尔（Michèle）在贝鲁特出生，他后来成为画家，如今在卢森堡以米歇尔·考尔茨-舍迪德（Michèle Koltz-Chedid）为名继续他的创作。

1946年安德蕾和路易-塞里姆定居巴黎，并获得法国国籍。

1948年安德蕾的第一本法文诗集（她最终选择用法文写作）《一张面孔的文本》(*Textes pour une figure*)问世，其间她的第二个儿子路易（Louis）出生，路易后来成为著名的歌手。安德蕾为路易的四个孩子所继承的艺术家血统深感幸福：导演艾米丽（Émilie），歌手马蒂厄（Matthieu，又名M），约瑟夫（Joseph，又名Selim）和安娜（Anna，又名Nach）。

1950年至1965年，安德蕾·舍迪德的八本诗集由出版时下最佳诗歌的吉·列维-马诺（Guy Levis Mano）

出版。从此真正开启了舍迪德涉足所有体裁（诗歌，长篇小说，短篇小说，戏剧，评论，儿童文学）的多样文学生涯，五十余本著作相继问世，其中大部分自1968年起由弗拉马利翁出版社发行。

1952年，安德蕾·舍迪德的第一本小说《被释放的睡眠》(Le sommeil délivré)由斯多克出版社出版，如同后来相继问世的多部小说一样，故事的地点和剧情都发生在东方阿拉伯，那是作者成长和眷恋的地方。如果说安德蕾·舍迪德首先并在根本上认为自己是诗人，她成名却是始于60年代发表的散文体作品。从那时起，相继问世的小说、非虚构叙事和短篇小说受到公众的喜爱。

1960年，小说《第六天》(Le Sixième jour)由朱利亚尔出版社出版。这本书于1986年由尤赛夫·夏因（Youssef Chahine）改编成电影，黛莉达（Dalida）担任女主角。

1966年，吉·列维-马诺出版的舍迪德诗集《双重国家》(Double pays)获得路易丝·拉贝[1]文学奖。此后，她的诗歌和散文体作品多次获奖：

---

[1] Louise Labé（1524—1566），文艺复兴时代的法国诗人，里昂派的代表人物。——译注

《话语的博爱》(*Fraternité de la parole*)和《暴力的仪式》(*Cérémonial de la violence*)获得1976年马拉美奖；

《身体与时间》(*Le corps et le temps*)获得1979年龚古尔短篇小说奖。

1990年获文学家协会（SGDL）诗歌大奖。

2002年获龚古尔诗歌奖。

80年代，舍迪德创作了几部戏剧作品，如1984年在站台剧院上演的《挫败王后》(*Échec à la reine*)，女主角是法朗辛·贝尔杰（Francine Bergé）；广播电台播出的《人物》(*Le personnage*)，由米歇尔·布盖（Michel Bouquet）同时饰演两个角色。这两本戏剧集于1992年和1993年由弗拉马利翁出版。

1991年贝尔纳·吉洛多（Bernard Giraudeau）首次执导影片就改编了安德蕾·舍迪德最著名的小说之一、1969年出版的《他者》(*L'autre*)，男主角是弗朗西斯科·拉巴尔（Francisco Rabal）。此外，2020年，贝尔纳·吉洛多还和作者录制了一张双声的诗歌光盘。

1999年，安德蕾为孙子马蒂厄（又名M）写的一首歌《我说爱》获得巨大成功，就像她儿子路易的歌《妈妈，妈妈》一样，展现了舍迪德家族从她的母亲爱丽丝·戈岱尔到她的孙女娜什（Nach）一脉相承的文学艺术才华。

2009 年"诗歌之春"发起创立安德蕾·舍迪德唱诗奖，由马蒂厄·舍迪德担任主席。这一年，安德蕾·舍迪德荣获法国荣誉军团军官勋章。

2010 年，舍迪德的最后一本诗集《宇宙的织物》（*L'étoffe de l'univers*）和最后一部小说《上帝的约翰的四次死亡》（*Les quatre morts de Jean de Dieu*）出版。2011 年 2 月 6 日，安德蕾·舍迪德因患阿尔兹海默病去世，葬于蒙帕纳斯墓园。她的墓碑上刻着克雷蒂安·德·特鲁瓦（Chrétien de Troyes）的引语："身体走了，心留下。"她去世的时候，时任文化部长弗雷德里克·密特朗赞扬她是"一位光彩熠熠的人物，一位有心肠、有思想、有信誉的女性，她居住在我们的语言中，而且被我们的语言居住"。

2013 年，她的全部诗歌作品汇集成册，以《诗》（*Poèmes*）为标题，由弗拉马利翁出版。

2016 年，第一本安德蕾·舍迪德的传记问世，《安德蕾·舍迪德：爱的书写》作者卡门·布斯塔尼（Carmen Boustani）是黎巴嫩大学的教授，也是传主的朋友。